Vente après Décès

DE

Madame Veuve C. DAUBIGNY

IMPRIMERIE DE L'ART

CATALOGUE

DES

TABLEAUX ET ÉTUDES

PAR

CHARLES DAUBIGNY

DES

TABLEAUX ET ÉTUDES

PAR

KARL DAUBIGNY

ET DE

TABLEAUX PAR DIVERS

DONT LA VENTE AURA LIEU PAR SUITE DU DÉCÈS

De Mme veuve Daubigny

HOTEL DROUOT, SALLE N° 8

Le Mardi 14 Avril 1891

à 3 heures précises

Par le Ministère de **Me LÉON TUAL**, commissaire-priseur

56, rue de la Victoire, 56

Assisté de **M. M. MALLET**, expert

13, rue du Helder, 13

Chez lesquels se distribue le Catalogue.

EXPOSITIONS

PARTICULIÈRE : *Le Dimanche 12 Avril 1891, de 1 h. 1/2 à 5 h. 1/2*
PUBLIQUE : *Le Lundi 13 Avril 1891, de 1 h. 1/2 à 5 h. 1/2*

CONDITIONS DE LA VENTE

La vente sera faite *expressément* au comptant.

Les acquéreurs payeront en sus des adjudications *cinq pour cent*, applicables aux frais de la vente.

Paris. — Imp. de l'Art, E. MENARD et Cie, 41, rue de la Victoire.

DÉSIGNATION

TABLEAUX ET ÉTUDES

PAR

C. F. DAUBIGNY

DAUBIGNY
(CHARLES-FRANÇOIS)

1 — *Le Verger.*

Grande prairie couverte de pommiers chargés de fruits dont la note rouge éclate dans la verdure.

Au premier plan, une paysanne, montée sur une échelle, cueille des pommes; près d'elle, une paysanne debout et un âne.

Signé et daté 1876.

Salon de 1876.

Toile. Haut., 1 m. 70 cent.; larg., 3 mètres.

DAUBIGNY

(CHARLES-FRANÇOIS)

3000 2 — *Ferme à Kérity (Finistère).*

Signé et daté 1868.

Toile. Haut., 45 cent.; larg., 83 cent.

1250 3 — *Chemin de traverse, près Auvers.*

Bois. Haut., 17 cent.; larg., 32 cent.

630 4 — *Parc à moutons la nuit ; lever de lune.*

Signé et daté 1878.

Bois. Haut., 52 cent.; larg., 87 cent.

4200 5 — *Le Chant du coq.*

Toile. Haut., 1 m. 45 cent.; larg., 2 m. 40 cent.

4000 6 — *Chemin de la ferme, à Villerville.*

Bois. Haut., 18 cent.; larg., 38 cent.

500 7 — *Saint Jérôme en prière.*

Toile. Haut., 1 m. 65 cent.; larg., 1 m. 95 cent.

DAUBIGNY

(CHARLES-FRANÇOIS)

8 — *L'Étang de Gylieu*

Étude.

Toile. Haut., 56 cent.; larg., 92 cent.

9 — *Meule de foin, près Auvers; effet de lune.*

Étude.

Bois. Haut., 25 cent.; larg., 45 cent.

10 — *Bords de rivière; lever de lune.*

tude.

Bois. Haut., 24 cent.; larg., 45 cent.

11 — *La Rentrée du troupeau; lever de lune.*

Étude.

Bois. Haut., 22 cent.; larg., 45 cent.

12 — *L'Ile de Vaux; soleil couchant.*

Étude.

Bois. Haut., 18 cent.; larg., 36 cent.

DAUBIGNY

(CHARLES-FRANÇOIS)

13 — *Sentier à travers champs, près Auvers;
effet de lune.*

Étude.

Bois. Haut., 17 cent.; larg., 32 cent.

14 — *Vaches au pâturage.*

Étude.

Bois. Haut., 23 cent.; larg., 35 cent.

15 — *Lever de lune.*

Étude.

Bois Haut., 25 cent.; larg., 31 cent.

16 — *Paysanne dans les champs.*

Étude.

Bois. Haut., 36 cent.; larg., 24 cent.

17 — *La Batteuse.*

Étude.

Bois. Haut., 23 cent.; larg., 45 cent.

18 — *Les Faucheurs.*

Étude.

Toile Haut., 1 m. 35 cent.; larg., 2 mètres.

DAUBIGNY

(CHARLES-FRANÇOIS)

19 — *Vaches et moutons dans un paysage ;
effet de lune.*

Étude.

Toile. Haut., 1 m. 38 cent.; larg., 2 mètres.

20 — *Le Parc à moutons ; effet de lune.*

Étude.

Haut., 1 m. 70 cent.; larg.. 3 mètres.

21 — *Les Croniers à Villerville ; temps gris.*

Étude.

Toile. Haut., 1 mètre, larg., 1 m. 90 cent.

22 — *Chemin aux Vallées, près Auvers.*

Ébauche.

Toile. Haut., 98 cent.; larg., 1 m. 30 cent.

23 — *Vaches dans un pâturage ; soleil levant.*

Ébauche.

Toile. Haut., 1 m. 5 cent.; larg.. 2 m. 3 cent.

DAUBIGNY

(CHARLES-FRANÇOIS)

24 — *Lever de lune sur un paysage boisé.*

Ébauche.

Toile. Haut., 94 cent.; larg., 1 m. 5o cent.

25 — *Bords de rivière à Auvers; lever de lune.*

Étude.

Toile. Haut., 88 cent.; larg., 1 m. 48 cent.

TABLEAUX ET ÉTUDES

PAR

K. DAUBIGNY

DAUBIGNY
(KARL)

26 — *Prairie à Hennequeville.*

Daté 1873.

Toile. Haut., 1 mètre ; larg., 2 mètres.

27 — *Les Rochers de la pointe de Pen'mark (Finistère).*

Salon de 1869.

Toile. Haut., 1 mètre ; larg., 2 m. 15 cent.

28 — *Coucher de soleil sur la mer, à Villerville.*

Toile Haut., 1 mètre ; larg., 2 mètres.

29 — *Sous bois à Valmondois.*

Bois. Haut., 58 cent.; larg., 35 cent

DAUBIGNY

(KARL)

30 — *L'Arrivée des bateaux de pêche à Berck.*

Toile. Haut., 89 cent.; larg., 1 m. 63 cent.

31 — *Effet de neige à Montfermeil.*

Salon de 1875.

Toile. Haut., 88 cent.; larg., 1 m. 63 cent.

32 — *Sortie des barques de pêche, à Honfleur.*

Toile. Haut., 78 cent.; larg., 1 m. 45 cent.

33 — *Pêcheurs de moules, à Villerville.*

Daté 1883.

Haut., 29 cent.; larg., 65 cent.

34 — *Bateaux à voiles sur la Tamise.*

Bois. Haut., 30 cent.; larg., 60 cent

35 — *Bords de la Seine; soleil couchant.*

Daté 1883.

Bois. Haut., 25 cent.; larg., 44 cent.

DAUBIGNY

(KARL)

36 — *Bords de rivière à Auvers.*

Étude peinte sur la palette de l'artiste.

Haut., 3? cent.; larg., 42 cent.

37 — *Voilier dans un bassin, à Honfleur.*

Bois. Haut., 45 cent.; larg., 74 cent.

38 — *Bateaux à quai, à Trouville.*

Toile. Haut., 44 cent.; larg., 82 cent.

39 — *Bateaux échoués, à Trouville; marée basse.*

Toile. Haut., 45 cent.; larg., 83 cent.

40 — *Bords de l'Oise, près Beaumont; soleil couchant.*

Bois. Haut., 40 cent.; larg., 56 cent.

41 — *Régates d'Oxford et de Cambridge.*

Bois. Haut., 24 cent.; larg., 46 cent.

DAUBIGNY

(KARL)

42 — *Le Vieux Chemin, à Auvers.*

Étude.

Bois. Haut., 23 cent.; larg., 42 cent.

43 — *Cultures, près Auvers.*

Étude.

Toile. Haut., 55 cent.; larg., 1 mètre.

44 — *Champ de pommiers, près Auvers.*

Étude.

Bois. Haut., 40 cent.; larg., 68 cent.

45 — *Pêcheuses de moules sur la plage.*

Ébauche.

Toile. Haut., 65 cent.; larg., 1 mètre.

46 — *Chaponvral, près Auvers.*

Étude.

Toile. Haut., 80 cent.; larg., 1 m. 45 cent.

DAUBIGNY

(KARL)

47 — *Le Village d'Auvers, vu de la plaine.*

Étude.

Toile. Haut., 84 cent.; larg., 1 m. 55 cent.

48 — *Copie d'après Rembrandt (les Disciples d'Emmaüs).*

Bois. Haut., 5o cent.; larg., 38 cent.

OEUVRES PAR DIVERS

CHINTREUIL

49 — *Paysage; soleil couchant.*

Peinture sur papier maroufflé sur toile.

Haut., 48 cent.; larg., 1 mètre.

LA ROCHENOIRE

50 — *Troupeau de vaches dans un pâturage.*

Toile. Haut., 71 cent.; larg., 95 cent.

51 — *Vaches dans la campagne; effet de lune.*

Toile. Haut., 85 cent.; larg., 1 m. 15 cent.

52 — *Vache au pré.*

Toile. Haut , 54 cent.; larg., 70 cent.

INCONNUS

53 — *Copie d'après Murillo : l'Enfant Jésus dans la crèche.*

Toile. Haut., 68 cent.; larg., 1 m. 2 cent.

54 — *Habitation de pêcheurs.*

Toile. Haut., 72 cent.; larg., 60 cent.

RED. :

20

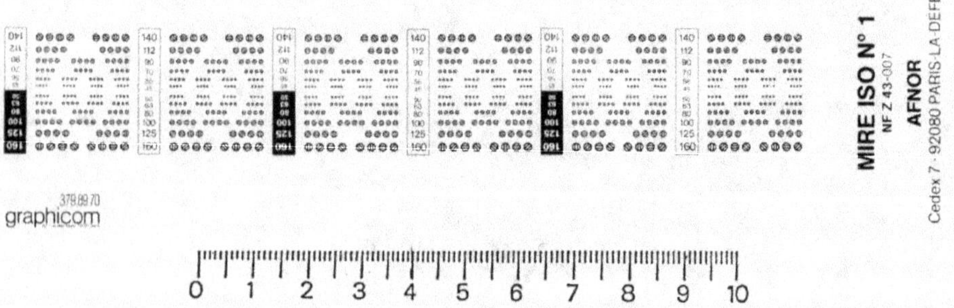

BIBLIOTHEQUE NATIONALE DE FRANCE

****

CHATEAU DE SABLE

1996